fünfter sein
Ernst Jandl · Norman Junge

Norman Junge, geboren 1938 in Kiel, lebt als freischaffender Künstler in Köln. Nach einer Schriftsetzerlehre besuchte er die Werkkunstschule und Werkakademie in Kassel. Er veröffentlichte mehrere Bilderbücher, die mit dem Troisdorfer Bilderbuchpreis ausgezeichnet und verfilmt wurden. Sein künstlerisches Schaffen erstreckt sich auch auf Kunstaktionen wie z. B. »Schlachtenmaler im Manöver« und bildhauerische Arbeiten. 1996 erschien im Programm Beltz & Gelberg sein Bilderbuch *immer höher* zum gleichnamigen Gedicht von Ernst Jandl.

Ernst Jandl, 1925 in Wien geboren, zählt zu den bedeutendsten Lyrikern unserer Zeit. Er erhielt neben vielen anderen wichtigen Literaturpreisen den Georg-Büchner-Preis (1984). Sein Gesamtwerk erschien im Luchterhand Verlag.

Fünfter sein wurde, ebenso wie *immer höher,* als Film unter der Regie von Alexandra Schatz für die »Sendung mit der Maus« vom Südwestfunk Baden-Baden konzipiert; das Bilderbuch *fünfter sein* entstand unter Verwendung der für den Film gezeichneten Bilder.

© 1998 Beltz Verlag, Weinheim und Basel
Programm Beltz & Gelberg, Weinheim
Alle Rechte für diese Ausgabe vorbehalten
Für den Text »fünfter sein« von Ernst Jandl
© 1970 Hermann Luchterhand Verlag GmbH & Co. KG, Darmstadt und Neuwied
Alle Rechte vorbehalten: Luchterhand Literaturverlag, München
Gestaltung von Norman Junge, Köln
Gesamtherstellung Druckhaus Beltz, 69502 Hemsbach
Printed in Germany
ISBN 3 407 79195 X

fünfter sein

Ernst Jandl · Norman Junge

Beltz & Gelberg

tür auf
einer raus

einer rein

vierter sein

tür auf
einer raus

einer rein

dritter sein

tür auf
einer raus

einer rein

zweiter sein

tür auf
einer raus

einer rein

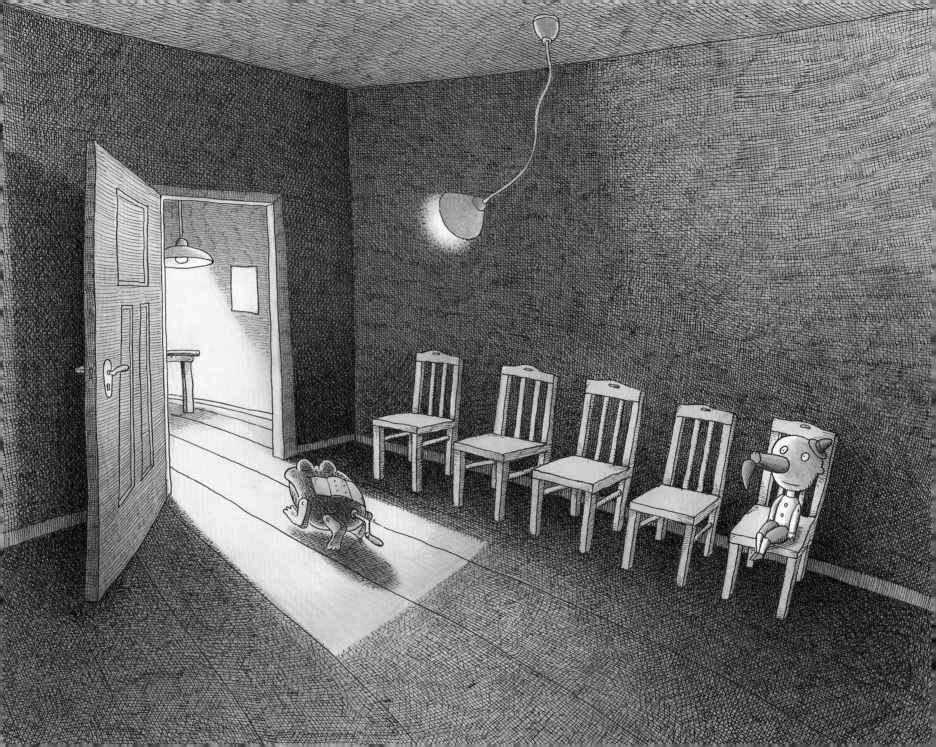

nächster sein

tür auf
einer raus

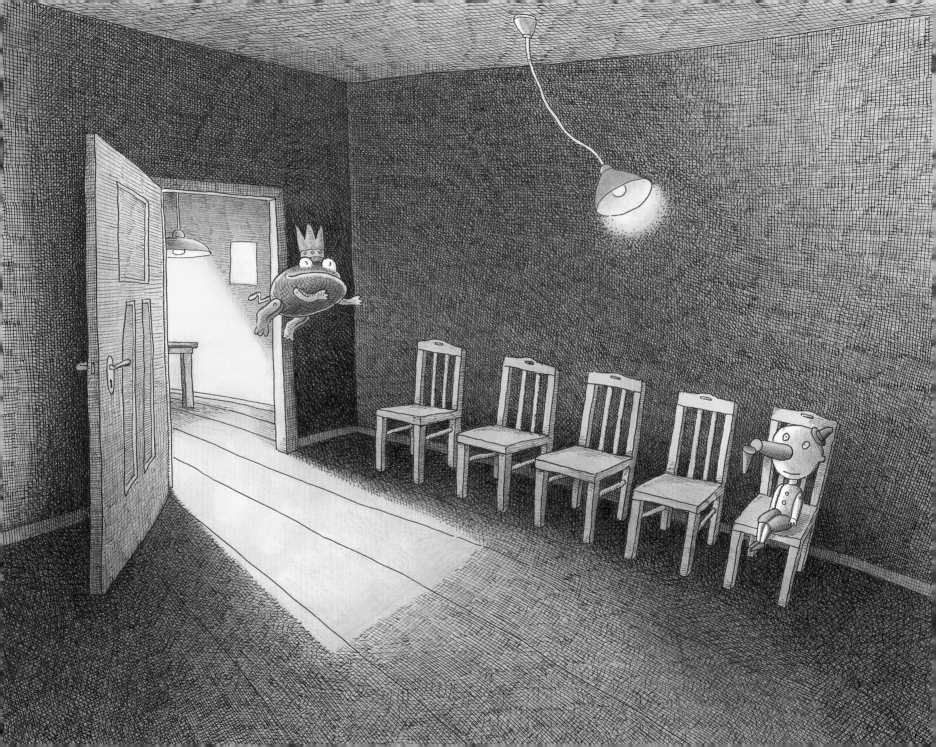

selber rein

tagherrdoktor